MW01104629

Les éditions de la courte échelle inc.

Sonia Sarfati

Née à Toulouse, Sonia Sarfati a fait des études en biologie et en journalisme. Maintenant, elle est journaliste aux pages culturelles de *La Presse* où elle s'occupe particulièrement du domaine jeunesse. Elle tient également une chronique jeunesse à *VSD bonjour*, à la radio de Radio-Canada. Elle a déjà publié un traité humoristique sur les plantes sauvages et sept livres pour les jeunes. Elle a reçu différents prix de journalisme et, en 1990, elle a obtenu le prix Alvine-Bélisle qui couronne le meilleur livre jeunesse de l'année.

Comme Soazig, l'héroïne de son roman, Sonia Sarfati est fascinée par les débuts du cinéma. Et n'essayez pas de lui enlever sa télé un soir de remise des Oscars... *La comédienne disparue* est le cinquième roman qu'elle publie à la courte échelle.

Caroline Merola

Caroline Merola est née à Montréal. Elle a obtenu un baccalauréat de l'école des Beaux-Arts de l'Université Concordia et elle travaille depuis une dizaine d'années. On peut voir ses illustrations dans des manuels scolaires, sur des affiches et dans des revues comme *Santé* et *Québec Science*. Elle a tenu la chronique des arts visuels à l'émission *Plexi-mag*, à Télé-Métropole. Elle fait aussi de la bande dessinée. Il lui arrive également de rencontrer des groupes de jeunes pour leur parler de bandes dessinées.

En 1990, elle obtient le prix Onésime, décerné à l'auteur du meilleur album de bandes dessinées au Québec, pour *Ma Meteor bleue*. Elle adore les romans policiers et elle a maintenant une fille, Béatrice. *La comédienne disparue* est le troisième roman qu'elle illustre à la courte échelle.

Table des matières

Achevé d'imprimer
sur les presses de Litho Acme Inc.

Sonia Sarfati

LA COMÉDIENNE DISPARUE

Illustrations
de Caroline Merola

la courte échelle

Les éditions de la courte échelle inc.

Les éditions de la courte échelle inc.
5243, boul. Saint-Laurent
Montréal (Québec) H2T 1S4

Conception graphique:
Derome design inc.

Révision des textes:
Jean-Pierre Leroux

Dépôt légal, 2e trimestre 1994
Bibliothèque nationale du Québec

Données de catalogage avant publication (Canada)

Sarfati, Sonia

　　La comédienne disparue

　　(Roman Jeunesse; RJ48)

　　ISBN: 2-89021-211-4

　　I. Merola, Caroline. II. Titre. III. Collection.

PS8587.A3767C65 1994　　　jC843'.54　　　C94-940150-1
PS9587.A3767C65 1994
PZ23.S37Co 1994

Pour mes grands-mamans,
Angéline et Rachel...
et aussi pour Amandine
et Mme Becq

Chapitre I
Bleu azur

Ce qui m'a coupé le souffle, en sortant de l'aéroport, c'est la couleur du ciel. D'un bleu plus bleu que bleu. Un bleu brillant, un bleu de vacances. Je me demande d'ailleurs pourquoi certaines personnes disent «J'ai les bleus» pour exprimer leur mélancolie, leur tristesse.

Le bleu est en fait une couleur de joie. Surtout celui de la Côte d'Azur, qui borde la mer Méditerranée, en France. Ce bleu-là, celui du ciel dans lequel je volais tout à l'heure et celui de la mer que je survolais, est extraordinaire.

Sébastien et Jocelyne, mes parents, partagent mon avis... même si mon père semble déjà avoir la tête ailleurs. Pas qu'il soit particulièrement distrait de nature. C'est plutôt que ce voyage signifie beaucoup pour lui.

Sébastien est comédien. Un super bon comédien, même. Pas encore très connu, mais les choses vont bientôt changer. Il y a quelque temps, il a joué dans un film intitulé *Tristan et Iseult*, inspiré de la légende qui porte ce nom.

Or, ce long métrage est présenté au Festival international des films de Cannes. Et il a des chances de remporter la Palme d'or, le premier prix, quoi!

Cela explique pourquoi Sébastien, Jocelyne et moi avons atterri tout à l'heure à Nice. Nous sommes aussitôt montés dans l'autobus qui fait la liaison avec Cannes, où nous assisterons à ce fameux festival, l'un des plus importants du monde.

Mon père tenait à y aller parce qu'il interprète un des rôles principaux de *Tristan et Iseult*: Gorvenal, écuyer et ami de Tristan, le héros. Ma mère, journaliste, est envoyée à Cannes afin de faire des entrevues pour une chaîne de radio de Montréal et pour une revue de cinéma.

Et moi, je fais partie du voyage parce que j'avais envie de manquer deux semaines d'école, en plein mois de mai.

Non! Sérieusement, je ne croyais même pas que mes parents m'amèneraient. L'école, c'est l'école. Et c'est sacré, en tout cas, pour eux. Mais participer à un événement aussi prestigieux que ce Festival, cela ne se produit pas tous les ans. Comme c'est la première fois que Sébastien et Jocelyne vont à Cannes, ils ont décidé de partager ce plaisir avec moi.

Ils seront toutefois très occupés: entrevues, projections de films, etc. Pour cette raison, ils ont engagé une dame qui s'occupera de moi quelques heures par jour.

Tout ce que je sais d'elle, c'est qu'elle se nomme Amandine. Elle a été recommandée à Sébastien et Jocelyne par un service de placement de Cannes. Depuis, mes parents lui ont parlé au moins dix fois au téléphone, afin de s'assurer que je serai en bonnes mains.

Curieuse comme je le suis, j'ai hâte de la rencontrer, cette Amandine. En fait, ça ne devrait pas tarder, puisqu'elle nous attend à la gare de Cannes, que nous atteindrons dans quelques minutes.

Mais, pour être honnête, ce n'est pas uniquement à cause d'elle que je suis si pressée d'arriver à destination. C'est aussi parce qu'elle est en compagnie de quelqu'un que j'ai vraiment très, très envie de revoir: Marie-Morgane, ma copine bretonne.

Je l'ai rencontrée lorsque j'ai passé quelques jours dans la baie des Trépassés, en Bretagne. Jocelyne et moi étions allées rejoindre Sébastien, qui s'y trouvait pour le tournage de *Tristan et Iseult*.

Les parents de Marie-Morgane l'ont laissée venir au Festival. J'aurais l'impression de mentir si je disais que j'en suis heureuse: ce que je ressens est encore plus fort, plus grand, plus joyeux. Parce que Marie-Morgane et moi, nous ne pensions pas nous revoir avant des années: un océan sépare le Québec de la Bretagne.

— Arrivée à Cannes: deux minutes!

La voix du conducteur me fait sursauter. J'étais dans la lune. Mais, pour une fois, je suis drôlement contente de revenir sur terre!

Alors que le véhicule ralentit, je plaque mon visage contre la vitre afin d'apercevoir mon amie. Personne... Enfin, il y a beaucoup de monde sur le quai de la gare routière, mais personne qui lui ressemble.

Lentement et un peu déçue, je descends de l'autobus.

— Soazig! Soazig! lance une voix que je crois reconnaître.

Il me semble que la foule se fend en deux... et je reçois un ouragan dans les bras. Il paraît que les ouragans portent tous des noms féminins. Eh bien, celui-ci pourrait s'appeler Marie-Morgane!

Passons sur nos retrouvailles, les larmes dans nos yeux, nos rires, notre bonheur. Il y a des choses qui n'ont pas besoin de mots, elles se vivent dans le coeur. Disons seulement que le soleil de la Côte d'Azur, déjà brillant, vient de gagner en éclat.

Sébastien et Jocelyne se joignent à nous, eux aussi heureux de voir ma copine. Et impatients de rencontrer Amandine.

— C'est bien vrai, vous ne la connaissez pas encore! s'écrie Marie-Morgane. Suivez-moi!

Et l'ouragan s'éloigne, accompagné de trois... tempêtes. Nous entrons à l'intérieur de la gare, Marie-Morgane jette un coup d'oeil à la ronde. Et...

— Ah, la voilà! Soazig, je te présente Mlle Amandine.

— Tu peux m'appeler Didi. C'est comme ça que tous mes amis me nomment, ajoute celle-ci d'une voix pleine de l'accent chantant des gens du Sud de la France.

Et moi, je ne réponds rien. Je ne trouve rien à dire. On avait oublié de me prévenir que Mlle Amandine, Didi pour les amis, avait au moins... 75 ans.

Chapitre II
Noir de monde

En fait, j'exagère. Didi n'a QUE 70 ans. C'est une dame mince, à la chevelure blanche, courte et bouclée. Elle porte des lunettes teintées et, d'après ce que j'ai vu ces derniers jours, elle est toujours très bien habillée.

Même quand nous allons à la plage, elle surveille son apparence. Elle est soigneusement maquillée, elle a toujours une petite broche assortie à son chemisier et un sac à main qui va avec ses souliers.

Des souliers à talons plats, dois-je préciser. Parce que, depuis cinq jours qu'elle nous amène un peu partout avec elle, elle nous a fait parcourir bien du chemin! Si elle avait 50 ans, je suis persuadée que nous ne pourrions pas la suivre!

Heureusement que, pour nous «reposer», nous passons les matinées avec Jocelyne et Sébastien. «Petit déj au resto», comme dit Amandine, lèche-vitrines dans les boutiques ultrachics de la rue d'Antibes, etc. Tout est tellement bon et beau (et cher!) que nous ne savons plus où donner de la tête!

Puis, l'après-midi et souvent la soirée, nous retrouvons Didi. Elle nous réserve toujours des surprises, car bien qu'elle vienne de Nice, elle sait tout sur Cannes et ses environs.

Il faut dire que, même si c'est la première fois qu'elle garde des enfants pendant le Festival, elle est souvent venue à Cannes durant cet événement. Elle raffole en effet de l'ambiance qui y règne.

— Regardez! C'est Tom Cruise! s'écrie-t-elle, alors que nous nous trouvons devant l'imposant hôtel Carlton.

Je me dresse sur la pointe des pieds afin d'apercevoir celui qui, pour moi, est le plus beau gars de Hollywood. Enfin... pour le moment. La semaine dernière, je disais que c'était Daniel Day-Lewis et, il y a un mois, je ne jurais que par Lou Diamond Philips. Seuls les sots ne changent pas d'idée, non?

— Aïe!

Pour la millionième fois, on m'a marché sur les pieds. Je fusille ma voisine du regard. Mais elle s'en fiche complètement. C'est toujours comme cela quand une vedette se présente sur les marches d'un de ces hôtels qu'on appelle des palaces. On dirait soudainement que la foule se multiplie par dix, et c'est à celui qui pourra toucher ou photographier l'idole!

— On va se promener? demande Didi lorsque l'acteur a finalement disparu dans la limousine qui l'attendait.

Marie-Morgane et moi nous empressons d'accepter sa proposition avant qu'une autre étoile descendue de Hollywood ne daigne apparaître en haut des marches.

Se promener, pour Didi, cela veut dire arpenter la Croisette... à la recherche d'une vedette. Elles sont nombreuses à se montrer sur ce boulevard. Des vedettes que l'on connaît un peu, beaucoup, passionnément. Mais, le plus souvent, pas du tout. À part Mlle Amandine qui réussit à toutes les identifier — même ma mère utilise ses connaissances et sa mémoire, ce n'est pas peu dire.

La Croisette est un endroit extraordinaire. La première fois que Didi nous y a amenées, Marie-Morgane et moi avons été drôlement impressionnées par ce long boulevard bordé de palmiers. D'un côté, on y trouve des immeubles aux façades de pierre blanche. De l'autre côté, la plage de sable doré et la mer très bleue.

Mais, durant le Festival, l'endroit devient aussi noir de monde. Voilà pourquoi, en cette cinquième journée «cannoise»... et en cette quatrième promenade sur la Croisette, Marie-Morgane et moi commençons à développer une véritable allergie aux gens.

Quand nous allons voir des films avec mes parents, nous nous faisons bousculer à l'entrée des cinémas. Quand j'accompagne Jocelyne à une entrevue, je me fais regarder de travers par des jaloux qui se demandent ce que je fais là. Quand nous mangeons en compagnie de Sébastien et d'autres comédiens, nous nous faisons piétiner par les chasseurs d'autographes.

— Vous voulez passer un moment en prison? nous propose alors Mlle Amandine, à qui nous venons de faire part de notre lassitude.

Riant de nos mines déconfites, Didi nous entraîne vers la gare maritime. Quelques minutes plus tard, nous sommes installées dans un bateau qui nous conduit aux îles de Lérins. Et Didi nous raconte Cannes. Cannes d'avant, de bien avant le Festival.

Il y a très longtemps, l'endroit n'était qu'un petit port marécageux, ainsi baptisé parce qu'il était envahi par les roseaux — en latin, «roseaux» se dit *cannae*.

En fait, à cette époque, le centre important de la région n'était pas Cannes, mais l'île Saint-Honorat, située à près de deux kilomètres de la côte. Des moines y demeuraient, et y demeurent toujours. Entre cette île et Cannes se trouve une autre île, Sainte-Marguerite, dans laquelle est construite la prison que, justement, nous allons visiter.

Une prison devenue lieu touristique parce que, de 1687 à 1698, ses murs ont abrité un prisonnier célèbre. On l'appelait le Masque de fer, car son visage était caché par un masque qu'il ne pouvait jamais enlever. Personne ne sait vraiment qui il était. Mais certains disent que c'était un frère du roi de France, Louis XIV.

Fascinée, je salive à l'idée de faire un tel saut dans le passé. Et, quand nous entrons dans le cachot où l'énigmatique prisonnier a été enfermé, d'agréables frissons me parcourent le dos. Pas seulement parce que l'endroit est sombre et humide. Mais parce qu'il me semble que le Masque de fer a laissé un peu de son esprit... je n'ose pas dire son fantôme, sur les lieux.

Finalement, Marie-Morgane et moi sommes vraiment troublées par cette visite. Au point que, sur le bateau qui nous ramène à Cannes, nous faisons tout pour prolonger l'atmosphère lourde de mystère qui pèse sur le cachot du Masque de fer.

Pour cela, nous partageons avec Didi les légendes, mythes et récits étranges que nous connaissons. Et nous en connaissons beaucoup! Mlle Amandine nous écoute attentivement, sourit, pose des questions. Et elle nous ramène sur terre... au moment où le bateau accoste.

— Je vous signale que nous sommes arrivées depuis cinq bonnes minutes, dit-elle en riant. Vous voulez passer la journée à bord? Chose certaine, je ne vois pas dans quel intérêt: cet engin est trop récent et trop moderne pour attirer un fantôme! Je suis sûre que même un esprit inexpérimenté peut trouver mieux en guise de logement.

Le sourire aux lèvres, je mets le pied

à terre. Je dis bien «le» pied. Parce que l'autre heurte un pavé et, en une fraction de seconde, je trébuche et je tombe dans les bras d'un colleur d'affiches! Qui se transforme bientôt en ramasseur d'affiches: tout ce qu'il avait dans les bras avant mon atterrissage est maintenant sur le sol!

— *Eh bé!* Vous ne pouvez pas regarder où vous allez! s'exclame-t-il.

Son visage est tout rouge. De colère? Je préfère croire que c'est dû à la gêne ou à un coup de soleil. Je bafouille des excuses et je l'aide à ramasser ses affiches.

Marie-Morgane et Didi font de même, en silence — mais je les «entends» retenir leur rire.

— Bon! Je crois que tout y est, fait mon «sauveur» en se relevant au bout d'un moment.

Puis, nous saluant en touchant d'un doigt son béret noir, il s'éloigne.

— Attendez! Vous oubliez cela! s'écrie Marie-Morgane.

Mais l'homme ne l'entend pas et il poursuit son chemin.

Curieuse, je me penche vers l'affiche que ma copine tient à la main. «Ce soir, hommage à Claudine Duclos», peut-on

lire au-dessus du visage, très jeune et très beau, d'une femme aux cheveux blond platine.

— Claudine Duclos, murmure Marie-Morgane. Qui est-ce?

Nous nous tournons toutes les deux vers Didi-qui-sait-tout. Elle regarde l'affiche, elle aussi. Et sourit.

— Vous ne savez vraiment pas qui elle est? nous demande-t-elle.

Je regarde de nouveau le beau visage imprimé sur le papier et... oui! Bien sûr! J'ai déjà vu cette actrice dans de vieux films en noir et blanc qui me font bien rire à cause de la manière dont les comédiens sont habillés et maquillés.

Mais cela ne semble pas déranger tout le monde. Mes parents, par exemple, regardent ces films avec attention. Parce que, paraît-il, Claudine Duclos appartient à la «légende du cinéma» — je ne la connais pas, celle-là!

— Je vois maintenant de qui il s'agit! s'exclame Marie-Morgane. Mais pourquoi est-ce qu'on lui rend hommage ce soir? Elle est morte depuis longtemps, non?

— Oui et non, répond doucement Didi, dont les yeux sont rivés sur l'affiche.

Chapitre III
Pâle d'émotion

— Comment ça, oui et non? Quand on est vivant, on n'est pas mort, et quand on est mort, on n'est pas vivant!

— Je faisais une figure de style, nous explique alors Didi. Claudine Duclos est bien morte, il y a exactement trente ans. Mais elle vit encore dans le coeur de ses milliers d'admirateurs... dont je fais partie. Elle est en effet mon actrice préférée. Et peut-être qu'elle deviendra aussi la vôtre, si vous assistez à l'hommage qui lui est consacré.

Bien sûr que je vais y assister! Surtout que cet hommage a lieu juste après la projection officielle de *Tristan et Iseult*, le film dans lequel joue Sébastien!

Ainsi, vers 19 h, mes parents, Marie-Morgane, Didi et moi arrivons devant le Palais des Festivals. Toute l'équipe qui a travaillé au film s'y trouve déjà. De même qu'une multitude de gens. Outre les curieux habituels, il y a une meute de journalistes, de photographes et de cameramen qui se jettent sur tout ce qui bouge!

Des hommes en uniforme sont postés de chaque côté de l'escalier du Palais! Tranquillement, nous montons les marches recouvertes d'un tapis rouge — rien de trop beau!

Je dis bien «tranquillement», parce que je suis à côté de Sébastien et qu'à chaque pas quelqu'un l'arrête pour lui poser une question. Moi, je l'attends, je l'écoute répondre. Je crois qu'il n'a jamais été aussi heureux. Enfin... peut-être le jour de ma naissance, mais je ne m'en souviens pas!

Je tourne la tête pour partager ma fierté avec Jocelyne... qui n'est plus là. Nous avons été séparées. C'est Didi qui se tient près de moi. Bien droite. En réponse à mon sourire, elle prend ma main et la serre. Et, soudain, derrière ses lunettes, ses yeux se noient de larmes.

— Didi?

— Ce n'est rien, ma belle, me dit-elle. L'émotion, la fatigue... Allez, viens.

Jocelyne et Marie-Morgane nous rejoignent. Comme Sébastien en a fini des questions, nous entrons dans le Palais des

Festivals. Puis nous nous rendons dans la grande salle où le film est projeté.

Là, j'ai vu *Tristan et Iseult* pour la première fois. Et j'ai découvert que mon père n'est pas, comme je le croyais, un super bon comédien. Il est mieux encore. Il est formidable!

Je ne suis d'ailleurs pas la seule à le croire, si j'en juge par les applaudissements du public après le film. Et par toutes les mains que Sébastien serre durant l'entracte qui sépare la projection de *Tristan et Iseult* de l'hommage à Claudine Duclos.

Finalement, une ouverture se fait parmi les admirateurs et je me précipite vers mon père.

— Bravo, tu es le meilleur!

Ma voix est couverte par le bruit ambiant, mais Sébastien m'entend quand même. Il me répond par un clin d'oeil avant de se pencher vers moi pour que je puisse l'embrasser — c'est un grand acteur par son talent, mais aussi par sa taille.

C'est alors que les lumières se mettent à clignoter, nous invitant à retourner dans la salle pour la suite de la soirée. L'écran installé sur la scène montre une immense photo de Claudine Duclos.

— Elle était vraiment très belle, dis-je à Mlle Amandine en m'asseyant.

Celle-ci approuve de la tête.

— Elle était plus que cela... mais peu de gens le savent, me souffle-t-elle à l'oreille.

Intriguée par ces mots, je me tourne vers elle pour qu'elle m'explique. Mais l'éclairage de la salle diminue et la présentation commence. Tour à tour, des gens qui ont connu l'actrice viennent sur scène, parlent d'elle (en bien, toujours) et disent regretter sa «mort soudaine et tragique».

Parfois, Mlle Amandine émet un petit rire étouffé. À un certain moment, je l'entends murmurer quelque chose comme: «Je suis sûre que Claudine aurait aimé savoir ça...»

Et moi, je me jure de lui demander des précisions. Plus tard, toutefois, car les lumières viennent de s'éteindre et, immédiatement, commence la projection de *La dernière fois*. Bizarrement, c'est le titre que portait le dernier film de Claudine Duclos.

Après la projection, les gens se lèvent pour applaudir. Les comédiens qui jouaient dans ce film et qui assistent à la soirée sont alors appelés sur la scène. Ils ont beaucoup vieilli (à vrai dire, je n'en ai reconnu aucun) et ils semblent très émus. Surtout qu'en les voyant les gens se remettent à applaudir.

La soirée se termine par une réception à laquelle Marie-Morgane, Didi et moi décidons de ne pas assister. Il est minuit et nous sommes épuisées. Mais cela ne nous empêche pas de discuter avec animation dans un taxi qui nous ramène à l'hôtel.

— Tu as aimé le film? me demande Mlle Amandine, en faisant bien sûr référence à *Tristan et Iseult*.

— J'ai adoré les DEUX films, dis-je, en insistant sur le «deux». Vous savez, j'aimerais vraiment connaître davantage Claudine Duclos. Sa vie, sa mort...

— Moi aussi! ajoute Marie-Morgane. Pourquoi est-ce que tout le monde parlait de sa «mort soudaine et tragique»?

Mon amie prononce ces mots en imitant le ton pincé des personnes qui ont fait des discours durant l'hommage. En l'entendant, Didi pouffe de rire. Mais son regard demeure sérieux.

— Claudine Duclos s'est noyée, dit-elle simplement.

Marie-Morgane et moi regardons notre vieille amie, les yeux en forme de: «Où?

Quand? Comment?» Mlle Amandine nous répond par un petit sourire.

— Écoutez, c'est difficile pour moi de vous raconter tout cela. Surtout à cette heure-ci: je suis fatiguée... et vous l'êtes également. Peut-être qu'après-demain je pourrais vous en apprendre plus sur Claudine Duclos.

— Pourquoi pas demain? lui demande Marie-Morgane, impatiente comme toujours. Ah oui, c'est vrai! Demain, vous n'êtes pas avec nous...

En effet: Didi ne s'occupera pas de nous au cours des vingt-quatre prochaines heures. Plus tôt dans la journée, pour une raison que Marie-Morgane et moi ignorons, elle a demandé congé à mes parents.

C'est donc avec un sentiment de liberté... mais aussi en me sentant un peu abandonnée que j'ouvre les yeux ce matin.

Marie-Morgane, qui vient de se réveiller, s'étire dans son lit.

— J'ai eu une idée! me dit-elle avant même que j'aie terminé mon premier bâillement de la journée. On pourrait aller à la bibliothèque chercher des livres sur Claudine Duclos. Qu'en dis-tu?

J'en dis que j'ai encore besoin de bâiller

au moins trois fois pour que mon cerveau se mette à fonctionner à une vitesse normale. J'en suis à la deuxième fois et demie quand Jocelyne entre dans la chambre.

— Bonjour, les filles! En forme, ce matin?

Je referme la bouche (par politesse... et parce que j'ai fini de bâiller) et je tends la joue pour recevoir le baiser de ma mère. Je lui fais ensuite part de l'idée de Marie-Morgane.

— Si vous préférez, je peux vous amener avec moi aux bureaux du *Nice-Matin*, nous propose-t-elle. Je vais fouiller dans leurs archives aujourd'hui, pour un dossier auquel je travaille. Je suis sûre que vous pourrez trouver là tout ce qui a été écrit sur Claudine Duclos. Tout... même les bêtises. Préparez-vous, nous partons dans une demi-heure.

Et Jocelyne ressort de la chambre, aussi vivement qu'elle y est entrée, nous laissant à nos préparatifs... et à nos questions.

Un peu plus tard, alors que nous marchons en direction du journal, ma mère nous explique ce qu'elle entend par les «bêtises» qu'on publie sur Claudine Duclos.

— Certains journaux à potins annoncent régulièrement, photos à l'appui, que Claudine Duclos n'est pas morte. J'avoue que sa disparition a de quoi enflammer l'imagination, mais il y a des limites!

— Elle ne s'est pas noyée? demande Marie-Morgane.

Ma mère hoche la tête.

— Oui. Mais son corps n'a jamais été retrouvé, dit-elle gravement en nous regardant tour à tour dans les yeux.

Et, dans son regard à elle, je vois une lueur amusée. Car elle sait fort bien qu'avec ces simples mots elle vient d'enflammer deux autres imaginations. Celle de Marie-Morgane et la mienne.

Quelques minutes après l'étonnante déclaration de ma mère, mon amie et moi sommes installées côte à côte dans la salle d'archives du journal. Nous fouillons avec frénésie dans le dossier «Claudine Duclos». Un dossier très épais, bourré de coupures de journaux plus ou moins jaunies.

C'est ainsi que nous découvrons une histoire bien belle, mais aussi bien triste. Comme seules les histoires vraies peuvent l'être.

Claudine Duclos est devenue une lé-

gende pour plusieurs raisons. Entre autres,
à cause de sa beauté et de sa vie tumul-
tueuse — elle a eu une dizaine d'amoureux, mais elle ne s'est jamais mariée. Et,
surtout, à cause (encore et toujours!) de sa
mystérieuse disparition.

Il y a trente ans, Claudine Duclos était
à Cannes, pour le Festival, quand un riche

homme d'affaires l'a invitée à manger sur son yacht. Elle a bien sûr accepté, de même qu'une cinquantaine d'autres personnes. Le bateau a quitté le port, prenant le large pour quelques heures.

Ils ne sont jamais revenus. Ni le yacht, ni l'homme d'affaires, ni ses invités. Ni Claudine Duclos. Une terrible et imprévisible tempête s'est levée. Le bateau a fait naufrage.

Mais ce n'est pas tout.

Les corps de la plupart des victimes n'ont jamais été retrouvés. Dont celui de Claudine Duclos. D'où ces articles, nombreux, qui racontent la présumée «nouvelle» vie de la comédienne.

Dans certains, on écrit que Claudine Duclos a perdu la mémoire et vit dans un monastère, au Tibet. Dans d'autres, on apprend qu'elle a été défigurée dans le naufrage, et qu'elle se cache dans une île grecque. Dans d'autres encore, on prétend qu'elle a été photographiée avec un contrebandier très riche et très puissant, qui la retiendrait de force à ses côtés.

— Je vous assure qu'il n'y a rien de vrai dans tout cela, nous affirme Didi lorsque, le soir venu, nous la rejoignons à l'hôtel. Depuis trente ans, Claudine Duclos dort quelque part sur le sable. Et la mer lui sert de couverture.

À ces mots, les larmes me montent aux yeux. C'est bête, mais j'avais envie de croire à ces histoires inventées dans les journaux.

Cette actrice que je viens de découvrir par le biais de témoignages, d'articles et d'un film, j'aurais aimé la connaître, lui parler. Et j'ai l'impression que nous nous serions bien entendues. En fait, c'est comme si j'avais trouvé une amie... et qu'immédiatement je l'avais perdue.

— C'est exactement ce que je ressens, murmure Marie-Morgane, après que j'ai livré le fond de ma pensée.

— Vous êtes sérieuses? nous demande Mlle Amandine.

La réponse à sa question est inscrite sur nos visages graves. Le regard de Didi fouille notre coeur et, comme les réponses qu'elle y lit doivent la satisfaire, elle lance ces paroles étonnantes:

— Demain, je vous emmène à Nice. Après ce voyage, la vie de Claudine Duclos n'aura plus de secret pour vous.

Chapitre IV
Verte de peur

Impatience, excitation, énervement: peu importe la raison, Marie-Morgane et moi n'avons presque pas dormi cette nuit. Pourtant, quand Mlle Amandine frappe à la porte de notre chambre, vers 9 h 30, cela fait longtemps que nous sommes prêtes à partir pour Nice.

Comme elle ne conduit pas, Didi a demandé à Zoé, la petite-fille d'une de ses amies, de nous amener à destination.

La «petite-fille» en question est en fait une jeune femme dans la vingtaine, à l'allure sportive. Et à la conduite... très sportive. C'est parfait sur l'autoroute qui va de Cannes à Nice.

Mais après Nice, nous empruntons la Moyenne Corniche, une route étroite qui semble suspendue entre les montagnes et la mer. Ici, les contreforts des Alpes, qu'on appelle les Préalpes, plongent dans la Méditerranée.

Et nous, nous roulons à toute vitesse
là-dessus! Bref, je suis verte de peur et je
retiens mon souffle chaque fois que nous
croisons une voiture.

Marie-Morgane, elle, semble tout à fait
à l'aise. Didi aussi. Quant à Zoé, n'en
parlons pas! J'en arrive à la conclusion
qu'elles ont l'habitude de ce type de
route... et de ce type de conduite.

— Regardez, dit soudain Mlle Amandine, la voix pleine de fierté. Nous arrivons.
Marie-Morgane et moi ne répondons

pas. Non, nous ne nous sommes pas endormies — surtout pas moi! Nous sommes simplement bouche bée. Perché au sommet d'un éperon rocheux, surplombant la mer d'environ 400 mètres, tel un nid d'aigle géant, se trouve... un tout petit village!

— Èze, ajoute simplement Didi, comme si ce mot voulait tout dire.

Je me souviens d'avoir lu, dans un guide touristique, que ce village de deux mille habitants est un des plus beaux de la Côte d'Azur. Ce n'était pas un mensonge.

Des remparts qui l'entouraient au Moyen-Âge, il ne reste aujourd'hui qu'une double porte fortifiée, par laquelle nous passons, après avoir garé le véhicule.

Car, à Èze, les rues pavées, qui se faufilent entre les maisons collées les unes aux autres, sont trop étroites pour permettre la circulation automobile. De plus, elles sont parfois coupées par des escaliers. Pas commode à enjamber, en voiture!

Sans un mot, les yeux grands ouverts, Marie-Morgane, Didi et moi traversons le village. Zoé, qui va faire des emplettes à Nice, viendra nous chercher en fin d'après-midi.

— Ah, c'est ici! lance Didi en s'arrê-
tant devant une très vieille maison de
pierre.

Elle s'empare du heurtoir de bronze et
frappe trois coups à la lourde porte de bois.
Nous attendons, impatientes. Puis, avec un
grincement, la porte s'ouvre.

Et nous avons devant nous... une autre
Amandine.

Devant nos mines ébahies, les deux
vieilles dames éclatent d'un rire identique.
Joyeux, tout doux.

— Je vous présente Émilie, dit alors
Mlle Amandine, un reste de rire dans la
gorge. Dois-je le souligner, Émilie est ma
soeur jumelle.

Non, la précision est inutile. Plus res-
semblant que ça, tu t'appelles... photo-
copie!

Sans que nous sachions trop comment,
tellement nous sommes éberluées, mon
amie et moi nous retrouvons dans une cuisine rustique. Nous sommes assises sur
des chaises de bois, autour d'une table où
sont apparus, comme par magie, des ver-
res pleins de jus de fruits frais.

Didi et Mlle Émilie se mettent à parler.
À parler de Jean et d'Angéline, leurs pa-

rents qui, soixante-dix ans plus tôt, se préparaient à l'arrivée de leur premier enfant. Michel, si c'était un garçon. Émilie, si c'était une fille.

Par une nuit où le mistral soufflait à tout rompre, Angéline avait ressenti les premières douleurs. La sage-femme était arrivée, elle était montée à l'étage en compagnie de la future maman. Bien des heures plus tard, les pleurs d'un bébé s'étaient fait entendre. C'était une fille.

Jean s'était aussitôt rendu auprès d'Angéline et d'une Émilie bien petite à côté de ce que promettait la grosseur du ventre de sa maman! Et pour cause: les douleurs reprirent bientôt... et un autre bébé, un bébé-surprise, faisait son entrée dans la vie d'Angéline et de Jean.

Rien n'était prévu pour cette fillette. Ni berceau, ni vêtements, ni prénom.

— Qu'est-ce que tu penses d'Amandine? avait alors demandé Jean à son épouse.

En prononçant ces paroles, il lui montrait l'amande qu'il allait croquer au moment où Émilie avait lancé son premier cri. Il l'avait gardée dans sa main pendant que sa femme accouchait du second bébé.

C'est ainsi que Didi a hérité de ce prénom original!

— Vous ne nous aviez jamais raconté cela! s'exclame Marie-Morgane, en regardant Mlle Amandine.

Celle-ci éclate de rire.

— Il y a bien des choses que je ne vous ai pas racontées à mon sujet. Imaginez ce que l'on peut faire en soixante-dix années de vie! De toute manière, là n'est pas la raison de notre visite à Émilie.

Soudain, je ne sais trop pourquoi, l'ambiance change. Un peu comme si quelqu'un d'autre se joignait à notre petit groupe. L'esprit de Claudine Duclos, peut-être? Car, je le sens, c'est d'elle qu'il sera question dans les prochaines secondes. Dans les prochaines heures aussi.

— Je vous ai promis qu'aujourd'hui vous apprendriez beaucoup de choses sur Claudine Duclos, reprend Didi. Eh bien, nous sommes ici dans un endroit spécial.

Marie-Morgane et moi échangeons un regard perplexe, tandis que Mlle Émilie intervient à son tour:

— Elle a pris ses repas pendant des années dans cette cuisine. Elle a dormi des nuits et des nuits là-haut.

Comme nous semblons ne pas comprendre la signification de ses paroles, Mlle Émilie tambourine de son index sur la table.

— Vous êtes chez elle, dit-elle. Chez Claudine Duclos.

Chapitre V
Noir et blanc

Marie-Morgane et moi retenons notre souffle, le regard brillant d'excitation. L'actrice serait-elle encore vivante? Ou bien elle est morte et son fantôme hante sa maison?

Les deux vieilles dames éclatent de rire lorsque je leur fais part de mes suppositions.

— Pas tout à fait, Soazig, me répond Didi. Tu vois, depuis la disparition de Claudine, la maison appartient à sa grande amie, Marie Beaucage. Mimi vit ici avec elle, lui servant en quelque sorte de dame de compagnie.

Mlle Émilie nous explique que depuis le décès de Claudine Duclos, Mme Beaucage n'a absolument rien changé dans la maison. Tout est resté comme le jour où l'actrice est partie pour la croisière dont elle n'est jamais revenue.

— Chaque coin de cette demeure est

encore imprégné de la présence de Claudine, ajoute Didi sur un ton mystérieux. Peut-être ne sentez-vous pas cela, pour l'instant. Mais tout à l'heure, il en sera autrement... C'est, en tout cas, ce qui m'est arrivé un jour. Et c'est pour cela que Claudine Duclos occupe une place si importante dans mon coeur.

Je fronce les sourcils, intriguée, tandis que Marie-Morgane, inquiète, sort une pierre bleue de la poche de son short. Cette pierre lisse et ronde ne quitte jamais ma superstitieuse amie.

— Mme Beaucage a connu Claudine Duclos mieux que personne au monde, poursuit alors Mlle Émilie. Mais jamais elle n'a voulu en parler avec les journalistes ou avec ceux qui ont écrit des biographies sur sa meilleure amie.

La vieille dame nous regarde intensément, Marie-Morgane et moi. Puis elle continue.

— Il lui arrive toutefois, mais très rarement, d'évoquer le passé. Quand elle le fait, c'est avec des personnes qui vont comprendre ses mots avec leur coeur. Qui ne déformeront pas ce qu'elle sait de sa chère Claudine. Didi a longuement parlé de vous à Mme Beaucage. Et celle-ci souhaite vous rencontrer.

Nous? Ma copine et moi nous tournons vers Didi, qui répond par un sourire à notre interrogation muette.

— Elle est comme cela, Mme Beaucage. Elle peut se murer dans un silence presque complet pendant des mois et, soudain, se livrer à quelqu'un qu'elle ne connaît pas. Alors, profitez donc de l'occasion! dit Mlle Amandine en se levant.

Sa sœur se lève également, nous incitant à suivre le mouvement. Elles nous entraînent dans le salon, une pièce sombre, pleine de meubles anciens.

— Installez-vous confortablement, nous recommande Mlle Émilie en nous montrant un canapé dans lequel Marie-Morgane et moi nous blottissons. Je vais chercher Mme Beaucage.

— Je t'accompagne, lance alors Didi. Je veux la remercier d'avoir bien voulu parler à mes jeunes amies.

Une fois seules, nous écoutons les bruits de la maison. Le plancher qui craque sous les pas de Mlles Amandine et Émilie. Une porte, quelque part, qui grince. C'est tout. Marie-Morgane et moi osons à peine parler, tellement nos chuchotements résonnent dans le silence.

Soudain, une porte située à l'autre extrémité de la pièce s'ouvre. Didi apparaît dans l'encadrement, soutenant une femme d'apparence fragile qu'elle conduit jusqu'à un fauteuil placé dans un coin très peu éclairé. C'est à peine si nous apercevons le visage de la nouvelle venue.

— Madame Beaucage, je vous présente mes protégées: Soazig et Marie-Morgane, dit Mlle Amandine.

Mme Beaucage hoche la tête, doucement.

— Bonjour, mesdemoiselles. Je suis très heureuse de rencontrer deux jeunes filles qui, paraît-il, aiment les belles histoires.

Mme Beaucage a une voix magnifique. Une voix faite pour raconter. Une voix pleine de musique même si, contrairement à Didi et Mimi, on n'y trouve aucune trace de l'accent chantant du Sud de la France.

— Amandine, voyez-vous un inconvénient à me laisser seule avec ces demoiselles? Vous savez que je préfère avoir le moins de personnes possible devant moi lorsque je parle de Claudine.

Didi hésite, nous questionne du regard. Nous lui faisons signe qu'en ce qui nous concerne, tout est parfait.

L'histoire de Claudine Duclos ne commence pas par: «Il était une fois...» Et, je le sais, elle ne se terminera pas par: «Ils furent heureux et ils eurent beaucoup d'enfants.»

Mais, à cause de l'ambiance de la pièce et de la voix mélodieuse de Mme Beaucage, je me sens redevenue une petite fille qui attend son conte de fées quotidien. Pour un peu, je me coucherais sur le canapé et je demanderais des couvertures

afin de pouvoir les remonter sous mon nez dans les moments dramatiques.

— Claudine a toujours cru au destin, commence Mme Beaucage, entrant ainsi directement dans le vif du sujet. Elle était sûre qu'elle DEVAIT, un jour, faire du cinéma.

C'est ici que je ferme les yeux. La voix de Mme Beaucage m'emporte vers le passé. Derrière mes paupières fermées, la pièce s'efface et la vie de Claudine Duclos se dessine comme sur un écran.

Les grands-parents maternels de l'actrice se sont rencontrés au milieu des années 1890... au cinéma. Ils assistaient à la projection de l'un des premiers films présentés en salle peu après l'invention du cinématographe par Louis et Auguste Lumière — deux frères très... brillants.

Le film, en noir et blanc bien sûr, s'intitulait *L'arrivée d'un train en gare*. On y montrait... l'arrivée d'un train en gare.

Or, à cette époque, la plupart des gens n'avaient jamais vu d'images animées sur un écran. Quand la locomotive du train a «foncé» sur les spectateurs, plusieurs ont eu peur d'être écrasés et sont sortis en courant de la salle.

C'est ainsi que, terrorisés, la grand-mère et le grand-père de Claudine Duclos, qui ne se connaissaient pas, se sont jetés dans les bras l'un de l'autre. Un an après, ils se mariaient.

Bien des années plus tard, leur fille a travaillé comme vendeuse de billets au guichet du cinéma local.

Un soir, un jeune homme a acheté deux billets pour la dernière représentation de la journée. Puis il a attendu près du guichet, jusqu'à ce que le film commence et que la vendeuse termine son travail. Au moment où cette dernière quittait son poste, il s'est avancé, il lui a tendu un billet et il a murmuré: «Puis-je vous offrir ceci?»

Surprise par tant d'audace... mais tentée de voir le film (qu'elle avait déjà vu quatre fois!), la jeune femme est entrée au cinéma avec l'étranger. Et, comme d'habitude, elle s'est bientôt mise à pleurer à cause de la tristesse de la production.

— Zut! a-t-elle chuchoté. Je n'ai pas de mouchoir.

— Puis-je vous offrir ceci? lui a alors demandé son compagnon, utilisant le même geste et les mêmes mots que lorsqu'il l'avait invitée à voir le film.

La jeune femme a éclaté de rire, sous les murmures désapprobateurs des autres spectateurs.

— Savez-vous dire autre chose que «Puis-je vous offrir ceci?» lui a-t-elle lancé après le film.

Quelques mois plus tard, le jeune homme a tendu un écrin à celle qui était devenue son amie, en lui glissant à l'oreille:

«Puis-je vous offrir ceci?»

C'était une bague de fiançailles.

Chapitre VI
Gris acier

Notre «machine à remonter le temps» nous ramène brusquement dans le présent: annoncée par un grincement de porte, Mlle Émilie entre dans le salon.

— Il est presque midi, madame, dit-elle.

— Bien, répond Mme Beaucage. Nous reprendrons notre récit plus tard, mesdemoiselles. Émilie a sûrement préparé de quoi vous restaurer.

Celle-ci approuve d'un hochement de tête et poursuit, à notre intention:

— Je vais raccompagner Mme Beaucage à sa chambre. Vous pouvez aller dans la salle à manger, juste à côté de la cuisine. Si Didi n'y est pas, elle ne tardera pas à arriver: elle est allée... Non, je ne vous le dis pas. C'est une surprise.

Il n'y a en effet personne dans la salle à manger lorsque Marie-Morgane et moi y mettons les pieds. La table est mise et des odeurs appétissantes nous parviennent de la cuisine. Mais nous n'avons pas faim.

— Que penses-tu de Mme Beaucage? me demande Marie-Morgane tandis que, pour passer le temps, nous nous penchons à la fenêtre.

Le paysage est grandiose: là-bas, très loin au-dessous de nous, la mer se heurte aux contreforts des Alpes. Si le spectacle n'a rien à voir avec la fureur de l'océan Atlantique qui frappe les falaises bretonnes, il reste d'une beauté saisissante. Mais, là encore, notre esprit est ailleurs. Quelque part dans le temps.

— Mme Beaucage... dis-je, cherchant les mots exacts pour répondre à mon amie. Je trouve qu'elle nous reçoit dans une pièce bien sombre et qu'elle se tient bien loin de nous. Comme si elle ne voulait pas qu'on voie son visage.

Un silence plein de sous-entendus s'installe entre nous. Nous réfléchissons, tirons des conclusions dont nous reparlerons plus tard, à l'extérieur de cette maison trop calme dans laquelle résonne le moindre murmure.

— Ah...

Didi, qui entre dans la salle à manger en

coup de vent, semble surprise.

— Vous êtes déjà là? demande-t-elle en plaçant ses cheveux d'une main, l'autre tenant une boîte de carton. Nous allons pouvoir manger, alors.

Nous sommes aussitôt rejointes par Mlle Émilie. Elle nous explique, en servant le repas, que Mme Beaucage mange dans sa chambre et se repose avant de nous raconter la suite de l'histoire de Claudine Duclos.

Nous discutons avec animation de ce que Marie-Morgane et moi avons appris ce matin. Puis, au moment du dessert, Mlle Amandine va chercher sa fameuse surprise: une tourte de Bléa.

Gourmande comme je suis, je ne me fais pas prier pour déguster cette tarte garnie de feuilles de bettes (un genre de bette-rave), de pignons de pin et de raisins de Corinthe. Extraordinaire!

Mais je n'ai pas envie de m'attarder à table plus qu'il n'est nécessaire: j'ai hâte de retourner au récit de Mme Beaucage. Marie-Morgane aussi. Didi, qui nous connaît bien à présent, le sent.

— Je vais nettoyer la table, dit-elle avec un sourire. Mimi, Mme Beaucage doit être prête à poursuivre, non?

— Probablement, répond Mlle Émilie.

Quelques minutes plus tard, comme si aucune interruption n'avait eu lieu, Marie Beaucage reprend son récit là où elle l'a-vait laissé. C'est-à-dire au moment où les parents de Claudine Duclos se fiancent.

Encore une fois, derrière mes paupières fermées, la voix de Mme Beaucage dessine l'histoire de l'actrice. Je la vois presque, souriant au récit de la rencontre de ses parents et de ses grands-parents. Elle trouve cela amusant, original.

— Moi, je me marierai peut-être avec un acteur, dit-elle souvent en riant.

Mais elle n'y croit pas plus que je ne crois tomber un jour face à face avec le fantôme de Barbe-Bleue. C'est un rêve, un beau rêve, mais pas vraiment réaliste.

En fait, ce qui a décidé de la future carrière de Claudine a été sa première sortie au cinéma.

— Elle avait à peu près votre âge, mesdemoiselles, remarque Mme Beaucage. Sa mère nous a amenées voir *Mayerling*. Vous connaissez ce film?

Nous devons avouer que non. La vieille dame nous explique alors que Mayerling est le nom d'un village autrichien. Rodolphe, le fils de l'empereur d'Autriche, s'y est suicidé en compagnie de sa bien-aimée, une jeune baronne nommée Marie qu'il n'aurait jamais pu épouser.

Encore un amour impossible! Comme celui de Roméo et Juliette ou de Tristan et Iseult. Ou celui de Thomas Fontaine et Laurie Cardinal, deux élèves de mon école qui s'aiment, mais leurs parents les trouvent trop jeunes pour sortir ensemble!

— Lorsque nous avons quitté le cinéma, Claudine était transfigurée, poursuit
Mme Beaucage. On aurait dit que ses yeux
s'étaient agrandis, plus lumineux et à la
fois plus rêveurs que jamais. D'une voix
que je ne lui avais jamais entendue aupa-
ravant, elle a dit: «Un jour, c'est moi qui
ferai pleurer ou rire tous ces gens.»

À partir de ce jour, Claudine partage ses
moments de loisir en deux. D'une part, elle
va au cinéma pour voir et revoir les films,
tout en étudiant le jeu des acteurs. D'autre
part, elle se plante devant son miroir.

Non, elle ne lui demande pas: «Miroir,
miroir, dis-moi qui est la plus belle.» Elle
sait qu'elle compte parmi les plus belles.
Son regard gris acier, presque noir, et son
épaisse chevelure couleur de châtaigne
mûre lui attirent des compliments depuis
son plus jeune âge.

Mais Claudine sait que, pour réussir,
il lui faut plus. Entre autres, de la volonté.
Et cela, elle en a à revendre. Une volonté
dure comme l'acier de ses yeux. Alors,
pendant des heures, elle s'exerce à prendre le regard plein de promesses que Marie
échange avec Rodolphe dans *Mayerling*.
Quelque temps plus tard, elle devient

même capable de pleurer volontairement.

Puis, quand sa mère s'absente, Claudine lui emprunte ses produits de maquillage. Utilisant des photos de stars comme modèles, elle applique de la couleur sur ses lèvres, ses joues, ses yeux. En cela aussi, elle devient experte.

Tout comme elle parvient, de mieux en mieux, à faire disparaître son accent du Sud de la France. Elle adopte celui de Paris, plus apprécié par les gens du cinéma.

Environ trois ans après que Claudine a vu *Mayerling*, des rumeurs se mettent à circuler, concernant un festival international de films qui se tiendrait à Cannes. À quelques kilomètres à peine de Nice, donc!

Claudine rayonne de bonheur. Elle fait projet par-dessus projet. Le Festival attirera des hordes de comédiens et, surtout, de réalisateurs et de producteurs! Elle se voit déjà se présentant à eux. Et elle les imagine, eux, se disputant l'honneur de lui faire signer un contrat exclusif.

En août 1939, les vedettes américaines commencent à arriver à Cannes. Claudine harcèle ses parents pour aller faire un tour là-bas. Mais ceux-ci ont d'autres soucis en

tête: la menace de la guerre se fait de plus en plus grande.

La menace devient réalité le 1er septembre, lorsque la France entre en guerre avec l'Allemagne. C'est le début de la Deuxième Guerre mondiale. Et les rêves de Claudine, comme les rêves de millions de personnes, éclatent soudain sous les obus allemands qui déchirent l'Europe.

Ici, la voix de Mme Beaucage se serre.

— Je passerai rapidement sur les sept années suivantes, souffle-t-elle. Après tout, vous n'êtes pas venues assister à un cours d'histoire. Du moins, pas à un cours de ce genre d'histoire... Je vous dirai simplement que les horreurs de la guerre ont tué tous les projets d'avenir. Ceux de Claudine les premiers, ils étaient tellement inutiles en ces années de fin du monde!

Mais le feu sacré peut renaître de quelques cendres. Et de telles cendres sommeillent dans le coeur de Claudine. Elles s'embrasent lorsque, peu après la fin de la guerre, les rumeurs reprennent au sujet du Festival de Cannes... qui voit finalement le jour le 20 septembre 1946.

Le jour de l'ouverture, Claudine Duclos est sur place. Elle est arrivée la veille. Et elle s'est juré qu'elle ne quittera l'endroit qu'avec un contrat en poche.

Comme de fait, un producteur la remarque. Comment pourrait-il en être autrement: elle est partout à la fois!

— Claudine est revenue à Nice... pour faire ses valises et prendre le train pour Paris, dit Mme Beaucage, la voix nouée par l'émotion. Et c'est à peine si nous l'avons reconnue.

Chapitre VII
Blond platine

— Elle était méconnaissable parce que le bonheur l'avait transformée? demande Marie-Morgane.

La vieille dame sourit.

— Oui. Mais, surtout, parce qu'elle était déjà en train de devenir «la plus américaine des stars françaises». Le producteur y avait veillé... et il lui avait demandé de décolorer ses beaux cheveux.

Comme beaucoup de stars hollywoodiennes, Claudine Duclos avait maintenant les cheveux blond platine.

À partir de là, les choses se mettent à bouger à toute allure pour la jeune comédienne.

— Sa renommée est montée en flèche... mais, malheureusement, pas dans la direction qu'elle souhaitait, commence Mme Beaucage.

Elle s'éclaircit un peu la voix, puis reprend:

— Dans ses premiers films, elle a tenu avec tellement de conviction les rôles de belles filles sans cervelle que les gens l'ont identifiée à ce genre de personnages. À leurs yeux, elle ne jouait pas les jolies blondes idiotes, elle en était une!

Je me sens rougir. Car avant la fameuse soirée d'hommage, les films de Claudine Duclos m'avaient, à moi aussi, fait l'impression qu'elle avait réussi parce qu'elle était belle et... qu'elle le montrait.

— Mais si elle pouvait jouer d'autres genres de personnages, elle aurait pu exiger qu'on lui donne la chance de le prouver! dis-je.

Mme Beaucage sourit.

— Ce n'est pas aussi simple que cela. Elle avait signé un contrat qui lui laissait peu de marge de manoeuvre. Et puis les producteurs savaient où se trouvait leur intérêt: tels qu'ils étaient, les films de Claudine connaissaient un succès monstre. Pourquoi, alors, changer la recette? Pour les caprices d'une jeune femme? Voyons donc!

Têtue comme elle est, Claudine Duclos proteste. Lorsqu'elle a assez d'argent, elle décide de produire elle-même ses films.

Mais nous sommes dans les années 50 et les choses ne sont pas ce qu'elles sont à présent. Boycottée par tous, Claudine Duclos subit un échec.

Elle retourne alors frapper à la porte de la maison de production avec laquelle elle a travaillé dès ses débuts. On l'accueille à bras ouverts... mais en mettant des conditions. Plus question qu'elle se rebelle.

Chaque année, l'actrice revient dans le Sud de la France au moment du Festival de Cannes. Où, si elle se sent méprisée des critiques et des gens du milieu du cinéma, elle se sait aimée du public. Ses admirateurs la photographient, lui demandent des autographes, guettent son passage sur la Croisette.

— Vers la fin du mois d'avril, quand elle arrivait chez nous... enfin, à Nice, elle avait les traits tirés, raconte Mme Beaucage. Elle me disait: «Marie, cette fois-ci c'est vrai, je quitte tout. Je n'en peux plus.» Et elle y croyait vraiment. Mais le Festival et l'amour que lui vouait son public la faisaient revenir en arrière.

Et elle continue. Pendant près de vingt ans, Claudine Duclos joue et rejoue son rôle de belle fille sans cervelle.

C'est ce qu'attendent d'elle non seulement les producteurs, mais aussi les hommes dont elle tombe amoureuse. Et c'est
pour cela qu'elle les quitte, les uns après
les autres.

— Lors du Festival de 1960, elle m'a

dit qu'elle avait pris une grave décision concernant sa carrière, se rappelle Marie Beaucage.

La voix de la vieille dame s'enroue, se casse. Je vois sa main se crisper et froisser le tissu soyeux de la jupe noire qui recouvre ses jambes. Je suis hypnotisée par cette main qui se ferme et s'ouvre, comme au rythme de sanglots que je n'entendrais pas.

— Ce jour-là, elle s'est préparée avec un soin particulier pour la soirée à laquelle elle était invitée, poursuit Mme Beaucage avec difficulté. «C'est peut-être la dernière occasion que j'ai de briller en société, m'a-t-elle dit en tournoyant devant le miroir. Attends-moi avant de te coucher, Marie. J'ai des choses importantes à te confier. Je suis heureuse. Enfin...»

Un sanglot. Une main qui se crispe sur un tissu noir. Et une voix brisée qui conclut:

— Quelques heures plus tard, il y a eu cette tempête sur la Méditerranée. Je n'ai plus revu Claudine.

Jamais silence ne m'a semblé aussi lourd. Jamais histoire ne m'a semblé aussi triste. Les histoires d'amour de Tristan et

Iseult, de la baronne Marie et de l'archi-duc Rodolphe... et même celle de Thomas Fontaine et Laurie Cardinal, ce sont pres-que des comédies à côté de celle que je viens d'entendre!

Bref, je donnerais n'importe quoi pour avoir un mouchoir. Marie-Morgane aussi, si j'en juge par la manière dont elle fouille dans ses poches... d'où elle ne sort que son agate. Difficile de se moucher avec ça.

Mme Beaucage tire alors sur un cordon et une sonnette retentit quelque part dans la maison. Tandis que Mlle Émilie entre dans la pièce en apportant, ô miracle, des mou-choirs en papier, la vieille dame s'adresse une dernière fois à nous:

— Je vous remercie, mesdemoiselles...

— Mais c'est plutôt nous qui devons vous remercier! s'exclame Marie-Morgane d'une voix enrouée.

— Pas du tout, cela m'a fait du bien, beaucoup de bien, de raconter cette his-toire. Les rares fois où cela m'arrive, je me sens comme si je venais de percer un abcès qui grugerait mon vieux coeur.

Et, sans un mot de plus, Mme Beaucage se lève. Je voudrais ajouter quelque chose, m'approcher d'elle. Mais Mlle Émilie, en mettant un doigt sur ses lèvres, m'indique de me taire. Puis elle nous fait signe de l'attendre.

— Quelle affaire, dis-je dans un souffle.

— Oui... répond Marie-Morgane en serrant son agate. Je t'avoue que, par moments, je me croyais dans un film. Quand Mme Beaucage a fini de parler, je n'aurais pas été surprise de voir apparaître devant elle le mot «Fin».

— J'ai eu le même sentiment. Je pleurais, mais j'avais également envie d'applaudir comme pendant le générique de *Tristan et Iseult*. Et... Oh, oublie ça, c'est ridicule.

Marie-Morgane m'observe attentivement.

— Peut-être pas, Soazig. Je suis sûre que nous pensons la même chose. Une vieille dame solitaire, qui se tient dans le noir pour raconter la vie de sa meilleure amie...

Je hoche la tête pour approuver les mots de ma copine.

— Exactement, dis-je. Mme Beaucage met tellement de force et d'émotion dans son récit qu'on dirait qu'elle a vécu jour après jour avec Claudine Duclos. Bref, ça ne m'aurait presque pas étonnée si, finalement, elle nous avait dit: «Mesdemoiselles, Claudine Duclos n'est pas morte. C'est moi.»

Un cri et un bruit de verre brisé font écho à mes paroles.

Chapitre VIII
Clair comme
de l'eau de roche

Marie-Morgane et moi nous retournons vivement. Et nous sommes face à face avec Didi. Son visage est mortellement pâle. À ses pieds, se trouvent les morceaux du verre qu'elle devait tenir lorsqu'elle est entrée dans la pièce et a surpris mes derniers mots.

— Comme ça, vous avez deviné...

Ce n'est pas une question, mais une affirmation. Et mon coeur se met à battre à tout rompre, devant ces paroles qui confirment mon hypothèse.

— Asseyez-vous, mes filles. Je vais vous raconter la véritable fin de l'histoire, murmure Didi en prenant place dans un fauteuil. Vous devez cependant me jurer de ne jamais répéter ce que vous allez entendre. Toute indiscrétion aurait des conséquences dramatiques.

En choeur, Marie-Morgane et moi promettons à Didi qu'elle peut se fier à nous.

Mais au regard que nous lance notre vieille amie, nous sentons qu'elle savait déjà que nous étions dignes de confiance.

Nous apprenons alors que, comme nous l'avions supposé, la «vie» de Claudine Duclos a pris un tournant inattendu... après sa «noyade». Elle n'est, bien sûr, pas morte dans le naufrage.

La mer l'a en fait rejetée, inconsciente, sur les côtes de l'île Saint-Honorat, près du monastère. Un homme, que les moines avaient accepté de recevoir pendant quelques jours, l'a trouvée et s'est occupé d'elle.

Comme il n'y avait pas le téléphone dans l'île, il n'a pu prévenir immédiatement les autorités. Et au moment où il a voulu le faire, c'est-à-dire quand un bateau a accosté, Claudine avait repris connaissance et elle l'en a empêché.

Elle venait d'entendre, à la radio, la nouvelle de sa «mort». Comédiens, réalisateurs et producteurs la pleuraient et multipliaient les éloges à son sujet. Ses films, soudain, étaient devenus intéressants. On y découvrait des messages et des intentions que Claudine Duclos n'y avait même pas mis!

— De quoi aurais-je l'air si je ressuscitais? avait-elle demandé.

Puisqu'elle avait décidé de se retirer, c'était le moment ou jamais de le faire. Avec l'aide de l'homme rencontré dans l'île, un notaire, elle a rédigé un testament daté de quelques semaines avant son prétendu décès. Elle a légué tous ses biens à sa meilleure amie: Marie Beaucage. C'est-à-dire elle-même, puisque c'est l'identité qu'elle porterait désormais.

Le testament n'a pas été contesté: Claudine n'avait aucune famille assez proche pour revendiquer quoi que ce soit.

— Finalement, la vie de Claudine... ou plutôt de Marie, est devenue le conte de fées dont rêvait la fillette qui voulait devenir actrice. La naufragée et son sauveteur sont tombés amoureux l'un de l'autre et ils n'ont fait que s'occuper d'eux-mêmes pendant des années, raconte Didi.

— Mais cet homme, qui était-il? demande Marie-Morgane, curieuse pour deux (elle et moi, quoi).

— Je ne vous en dirai pas davantage sur son identité, répond Mlle Amandine. Vous savez déjà plus de choses que vous ne devriez. Je préciserai seulement que

Marie Beaucage est devenue veuve il y a une dizaine d'années et que, depuis, elle vit ici, à Èze. Avec Mimi.

Fatiguée par tous ces mots et par toutes les émotions qu'elle vient de revivre, Didi fait une courte pause avant de poursuivre:

— À présent, vous comprenez sûrement pourquoi j'étais si émue pendant l'hommage rendu à Claudine, hier soir. Pour moi, elle n'est pas qu'un souvenir: depuis longtemps, elle fait partie de la vie de ma soeur... donc, un peu de la mienne.

Près d'une heure plus tard, nous quittons la maison de Mme Beaucage. Sur le pas de la porte, Mlle Émilie nous fait au revoir de la main. Puis elle referme la porte sur le secret de Claudine Duclos. Un secret que Marie-Morgane et moi avons juré, une fois de plus, de conserver. Et tant pis pour le scoop que ma mère aurait pu avoir!

Les jours suivants sont passés à la vitesse de l'éclair. À Èze, nous avions eu notre moment de solitude et de mystère. Nous étions prêtes à replonger dans les eaux de Cannes afin de prendre un bain de foule.

Et, lorsque nous avons recommencé à

étouffer, Didi nous a ramenées dans le village accroché entre la mer et la montagne — en fin de compte, je me suis presque habituée à la conduite de Zoé. Mais nous n'avons plus vu la mystérieuse et fragile Marie Beaucage.

J'ignore si elle sait que nous connaissons sa véritable identité.

Didi et Mlle Émilie sont muettes sur la question. En fait, elles changent de sujet chaque fois que nous tentons de parler de Claudine Duclos. Étranges vieilles dames...

Finalement, aussi incroyable que cela nous paraisse, nous sommes à une heure de la soirée de clôture du Festival! Sébastien et Jocelyne sont sur des charbons ardents. Tout comme Didi, Marie-Morgane et moi. Car c'est au cours de cette soirée que les gagnants des différents prix sont annoncés.

Pour une dernière fois, le tapis rouge a été déroulé sur les marches du Palais des Festivals. Les vedettes montent l'escalier. Leurs sourires sont crispés.

Sébastien aussi a un noeud dans la gorge. Un noeud aussi serré que celui de sa cravate!

— Ne t'inquiète pas, papa, tu vas l'avoir!

— Hein! Quoi? sursaute-t-il. Qu'as-tu dit, Soazig?

Inutile de répéter, je ne crois pas que mes paroles lui parviennent, tellement il est préoccupé. Je prends toutefois sa main et je la serre. Fort, fort.

Il tourne la tête et il plonge son regard dans le mien. Cette fois-ci, il m'a «enten-

due». Son sourire et son clin d'oeil me le confirment.

Entraînés par la foule, nous nous retrouvons bientôt à nos places. Les discours commencent. Et ils continuent. Et ils s'allongent. Et ils n'en finissent plus. Pitié!

Je regarde Marie-Morgane, assise à ma gauche. Elle tente de dissimuler un bâillement.

Je jette ensuite un coup d'oeil à ma droite. Mlle Amandine, elle, ne semble pas s'ennuyer! On dirait qu'elle boit les paroles des orateurs.

Ses yeux pétillent derrière ses lunettes. Ses lèvres soigneusement maquillées sont entrouvertes, comme si elle était prête à souffler les paroles aux orateurs qui ont un trou de mémoire.

Soudain, ses mains se pressent l'une contre l'autre. Au même moment, le bourdonnement des murmures s'éteint dans la salle. Le palmarès commence.

Mais, bien sûr, pas par les prix importants. Il faut faire durer le plaisir, dit-on. La torture, oui! Tout d'abord, les prix pour les courts métrages sont décernés. Ensuite, seulement, on s'attaque aux longs métrages.

La tension monte. Sébastien desserre son noeud de cravate... peut-être pour laisser plus de place à celui qui grossit dans sa gorge!

Prix de la mise en scène... oui, bravo, bravo.

Prix d'interprétation féminine... d'accord, félicitations, madame, c'est sûrement mérité.

Prix d'interprétation masculine... pas mal, pas mal. Mais le jury aurait pu l'accorder à Sébastien, non?

Finalement, la Palme d'or. Moment de silence qui s'éternise. J'étouffe. De l'air! Pourtant, je ne devrais pas me plaindre: Sébastien, lui, est à la fois rouge d'excitation et blanc de peur.

Pas facile à faire, ça!

— Et le jury du Festival international du Film de Cannes décerne la Palme d'or à...

Dis-le! Mais enfin, dis-le!

— ... *Tristan et Iseult*!

Un tremblement de terre secoue nos sièges. Nous nous levons tous en même temps en criant notre joie. On s'embrasse, on se tape dans le dos... et on laisse Sébastien se diriger, avec toute l'équipe du film, vers la scène.

C'est alors que j'aperçois Didi. Elle est restée assise. Des larmes coulent sur ses joues.

Et sa main se crispe sur la jupe noire qui recouvre ses jambes. Sa main s'ouvre et se ferme, comme au rythme de sanglots que je n'entendrais pas.

Cette main, je la reconnais. C'est celle de Marie Beaucage. C'est celle de Claudine Duclos.

Chapitre IX
Un secret en or

— Vous...

Le mot n'est qu'un souffle qui traverse mes lèvres. Malgré le tumulte, Didi l'entend. Elle me regarde droit dans les yeux. Et elle comprend que j'ai tout compris.

Son sourire, magique, efface alors ses larmes.

— Tout à l'heure, ma fille. Tout à l'heure, je te raconterai tout.

Sous le choc, je me tourne vers Marie-Morgane pour lui confier ma découverte. Mais l'expression de son visage m'indique qu'elle a vu la même chose que moi.

— Didi va tout nous expliquer tout à l'heure, lui dis-je à l'oreille.

Mais, à cause de la fête, à cause de la joie, le «tout à l'heure» s'étire sur plusieurs heures. Reste qu'à présent nous y voilà.

Nous sommes dans cette chambre que Marie-Morgane et moi partageons depuis une dizaine de jours et dont les murs pourraient entendre la plus incroyable des histoires... s'ils avaient des oreilles. Chose certaine, les nôtres, en tout cas, sont prêtes.

— L'hommage rendu à Claudine Duclos m'a, bien sûr, beaucoup émue, commence doucement notre vieille amie.

Sa voix, grave et profonde, est celle de Marie Beaucage... ou de Claudine Duclos. Bref, ce n'est plus la voix chantante de Didi.

— Mais je n'avais pas prévu que l'histoire de Claudine... mon histoire, vous toucherait à ce point, poursuit-elle. En voyant ça, j'ai eu envie de vous révéler des choses que la plupart des gens ignorent. De vous dire la vérité... du moins, en partie. Je n'aurais pas cru que vous devineriez la suite!

Prenant une de nos mains dans chacune des siennes, la vieille dame semble puiser en nous le courage de continuer.

— Tout ce que vous avez entendu à Èze est vrai: Marie Beaucage est en fait Claudine Duclos. Ce que j'ai «oublié» de vous dire, c'est que ces deux dames et moi ne formons qu'une seule personne.

— Mais pendant que Mme Beaucage... ou plutôt Claudine Duclos... enfin... pendant que vous nous parliez, Didi est venue nous voir, objecte Marie-Morgane. Vous ne pouvez quand même pas vous dédoubler!

Les yeux de Mlle Amandine se plissent malicieusement.

— Si, je peux... grâce à Émilie, répond-elle. Lorsque vous étiez en compagnie de Mme Beaucage, vous avez parfois vu Mimi, parfois Didi. Jamais les deux à la fois.

En fait, les deux... rôles étaient toujours joués par ma soeur, qui changeait simplement de vêtements pour donner l'illusion qu'elle était Didi. Elle me laissait ainsi le temps de redevenir Mlle Amandine.

— Facile, en effet, pour des jumelles identiques! Mais... comment se fait-il qu'à l'époque où Claudine Duclos était connue, on n'ait jamais parlé de ce sosie qu'était Émilie?

— Parce que durant toutes ces années, nous n'étions pas identiques, déclare Didi qui a réponse à tout.

Son sourire s'élargit devant nos mines intriguées. Elle se penche vers nous, rapprochant son visage des nôtres.

— N'oubliez pas que j'avais les cheveux décolorés, alors qu'Émilie a gardé sa couleur naturelle, explique-t-elle. Je me maquillais également beaucoup, pour répondre à l'image qu'on se faisait de moi. De plus, Mimi a toujours été plus gourmande que moi. Pendant longtemps, elle a bien pesé une dizaine de kilos de plus que... Claudine Duclos.

Un petit rire ponctue ces paroles, et Didi-Marie-Claudine continue.

— Ensuite, il faut tenir compte de l'accent: contrairement à Émilie, Claudine Duclos n'avait pas celui du Sud du pays. Et, finalement, Mimi m'avait fait promettre de ne jamais faire allusion à elle. J'ai respecté sa volonté, et personne n'a jamais su que Claudine Duclos avait une soeur.

C'est alors avec beaucoup de tendresse que, pendant un moment, Mlle Amandine nous parle de sa soeur jumelle.

— Émilie a toujours été ma confidente et ma meilleure amie. C'est auprès d'elle que j'allais me réfugier lorsque ma carrière d'actrice me pesait trop. Et puis, plus tard, lorsque je suis «devenue» Marie Beaucage, le fait que tout le monde ignore l'existence de ma soeur m'a grandement facilité les choses. Sans son aide, j'aurais sûrement commis des impairs.

À ce moment-là, notre amie secoue sa tête, comme pour en chasser les idées noires. Et un sourire naît de nouveau sur ses lèvres.

— Alors, satisfaites de mes réponses?

Pas tout à fait. Quelque chose, en effet, ne me semble pas clair.

— Pourquoi avez-vous... créé le personnage d'Amandine? Pourquoi ne pas être venue à Cannes en tant que Marie Beaucage? Cela aurait été plus simple!

— Pourquoi? répète Didi en fronçant les sourcils. En fait, j'ai oublié de vous le dire, mais Amandine est mon véritable prénom... et j'aime bien le porter de temps en temps. J'en ai changé autrefois pour des raisons de marketing. Vous avez déjà vu une Amandine dans le générique d'un film?

Elle s'arrête un instant, nous regarde toutes les deux, puis elle reprend:

— Peut-être que ce serait possible aujourd'hui, mais ce ne l'était pas dans les années où Claudine Duclos a fait des ravages! J'ai donc changé d'identité en même temps que de couleur de cheveux.

Quant à la Didi que nous connaissons ou que nous pensions connaître, elle est venue au Festival cette année pour une seule raison: l'hommage rendu à Claudine Duclos.

— Je n'étais pas allée à Cannes depuis le fameux naufrage. Je m'étais juré de ne jamais y retourner. Mais il y avait cette soirée. J'étais curieuse de savoir ce que les gens avaient à dire de moi, trente ans plus tard.

Elle éclate d'un petit rire amusé, puis elle continue:

— Reste que tu as bien raison, Soazig: j'aurais pu aller au Festival sous les traits de Marie Beaucage. Personne n'aurait reconnu la magnifique Claudine Duclos dans la vieille femme que je suis devenue! Mais je voulais tenir un rôle. Que voulez-vous, je suis et serai toujours une actrice. Une bonne actrice, ne trouvez-vous pas?